アジアン・エイリアン

古城十忍
Toshinobu Kojyo

而立書房

アジアン・エイリアン

一体あなたの正体は……?
あなたは誰? どこから来た?

■登場人物

男１（境田健吾）
男２（岬　邦彦）
男３（金山孝弘）
男４（迫水　剛）
男５（岬　邦彦）
女１（岬　顕子）
女２（看護婦）

1　溶けゆく国家

喪服の人々……。

それぞれが手に、花咲く桜の小枝を持っている。

中の一人は捧げ持つように、胸の前に白木の小箱を抱えている。

喪主らしき人が小箱の木蓋を開け、中のものを取り出すと、それは骨壺ではなく、透明な、花瓶のようなガラスの器……。

たっぷりと水で満たされている……。

喪主らしき人、懐から袱紗包みを取り出す。

袱紗が静かにめくられると、中にしたためられていたそれは、小さな小さな日本の国旗、日の丸であった。

喪主は別れを惜しむように、小さな日の丸をささやかに振ってみて、やがて静かに、器の水に浸す。

すると日の丸は、みるみる溶けて跡形もなく消えてしまう……。

器の水がほんの少し、赤く濁る……。

音楽が聞こえてくる……。

背中を押されたように、喪服の人々もそれぞれ袱紗包みを取り出し、したためられた日の丸を順に、

7　アジアン・エイリアン

器の水に浸していく。

次々に溶けて、次々に消えてゆく日の丸……。

みるみる赤くなっていく器の水……。

やがて全員が入れ終わると、今度は喪服の人々、独りずつ、手にしていた桜の小枝を赤く濁った器の
水に挿し入れていく。

小ぶりではあるが、ガラスの器に盛られた、満開の桜……。

音楽が高まっていく……。

喪服の人々は束の間、花見をしているかのようだ。

何かに心奪われて。祈るように。

2　空飛ぶガルーダ

ガラスの器に、今を盛りと咲く桜が生けられている。
出入りを厳然と拒否しているような、強固なドアの前。
彫像のように男1が座っている……。
手に真白のハンカチを持ち、口元に当てている。
不意に独りでに、ただならぬ轟音とともにドアが開く。
開け放たれたドアから、背広姿の男2が現れてきて、誰に言うともなく――。

男2　ガルーダって知ってます?

男1はぴくりとも動かない。

男2　インド神話に出てくんですよ。首から下は人間なんだけど、頭が鳥なんです。嘴があって、鷲にそっくりで、赤い翼が生えてる。知りません?

男1　……。

男2　そのガルーダってのが身のほど知らずっていうか勇ましくて、インドの神々、神様に次から次に闘いを挑んでは勝ち続けるんです。勝っちゃうんですよ、半分鳥野郎が神様に。だもんで神様は、こんな強い奴を敵に回したらとんでもないと思ってガルーダの力を認め、それでガルーダは晴れて「自由の身」になれたんです。

男1　……。

男2　面白いよなぁ。

男1　……。

男2　つまんないか、こんな話。

男2、ぷいっと去っていこうとして足が止まる。
振り返って、その視線は咲き誇る桜を捉えるが、声だけははっきりと男1に向けられて――。

男2　境田さん。……今年は花見、やんなかったですね。じき咲くなぁと思ってたら、いつんまにか葉桜。盛りなんてあっという間。

男2、ドアの向こうへ去っていくと、再びただならぬ轟音とともに、ドアが荒々しく閉まる。

男1は彫像のまま……。

背広姿の男3、ブリーフケースと紙袋を手に、廊下から荒い息で現れる。

男1、気づいて顔を上げ視線を合わせるが、すぐにまたハンカチを口元に当て、石のように固まる。

男3 (ドアの前に立ち) ここ、ですか?
男1 ………。
男3 見ました?
男1 ………。
男3 間違いないんですか?
男1 見たよ。
男3 ………。
男1 ………。
男3 びっくりしちゃって。会社からすっ飛んできたんです。
男1 ………。
男3 早退。なんか周りも気ィ利かせてくれちゃって。いや、先輩にですよ。ついててやれって。いろいろやんなきゃいけないでしょ、だから。

男1　見ないのか？
男3　……ン。
男1　きれいな顔してるよ。岬も未知子も。
男3　………。
男1　もっとぐちゃぐちゃになってんのかと思ってた。ぺっちゃんこだったっていってたから、車。けど、顔は綺麗なんだ。普通なんだよ。
男3　（桜を抜き取ろうと）これ、飾ってあんですか？
男1　（厳しく）見てこいよ……！
男3　（押されて）見るけど……。
男1　……すまん。
男3　いいですけど……。
男1　岬なんて一瞬、別人かと思ったよ。今まで見たこともないよな穏やかな顔しててさ。未知子も幸せそうな顔してた。
男3　………。（桜の枝を一本、器から抜き取ってかざして見る）

男1、ハンカチで口を押さえている。

男3、桜の枝を手に、男1のすぐ隣に、空気のように座る……。

男3 気分悪いんすか？

男1 中はいったとき、体中にまとわりついてくんだよ。澱んでる。

男3 何が？

男1 知らないよ。

男3 なんか匂います？

男1 知らないけど、何か、ドアの向こうから漂ってくるだろ。

男3 ………。（立ち上がってドアを見る）

男1 どっから来た？

男3 会社ですよ。すっ飛んできたって、今。（ドアが気になる）

男1 ここ来てからだよ。エレベーターで？

男3 そう教えられたからそう来たんですけど。

男1 誰か、会わなかったか？

男3 誰かって？

男1 死亡診断書持ってくるっつって、もうずいぶん待たされてんだよ。

男3　そうか。要りますよね……。（視線はドアへ）
男1　何時だ、今。
男3　……。（ドアを見ている）
男1　時計、してないのか？
男3　あ、あぁ。（腕時計を男1に見せる）
男1　合ってんのか？
男3　ブランド品ですよ。
男1　……。（自分の時計を見てため息をつく）
男3　いつ来たんですか？
男1　十五分前から座ってる、お前のが合ってんなら。
男3　十年間で誤差二秒です。
男1　俺のは二十年間で一秒だ。
男3　え？
男1　一時間はたってると思ってた……。
男3　……。
男1　……。

男3　俺でよかったら、できることは何でもしますから。遠慮しないで言ってください。そのつもりですっ飛んできたんだし、会社にも了解とって来てっから。
男1　……すまんな。
男3　いいっすよそんな。（桜の枝を器に戻す）
男1　……今年は花見、やんなかったな。
男3　花見？
男1　ここんとこ毎年やってたろ。今年に限ってそれ、やんなかったなぁと思ってさ。

男3、おもむろにズボンを脱ぎ始めていて——。

男1　……何してんだ、お前。
男3　着替えるんですよ。
男1　着替える？
男3　喪服ですよ。やっぱ会社に置いとくもんですね、礼服の一つや二つ。結婚式は前もって日取りが決まってるからいいけど、こういうことはいつ来るかわかんないもんだし……
男1　ふざけんなよ。

男3　誰がふざけてんですか。
男1　死んだんだぞ、未知子。岬も。
男3　分かってますよ。
男1　お前、まだ顔も見てねぇだろ。
男3　だから正装すんですよ。いい加減な気持ちで接したくないんです。
男1　（あきれて）……。
男3　先輩も日本人ならもっと礼節ってものを重んじなきゃ。
男1　礼節？
男3　心っつーか、精神ですよ。礼儀。作法。先輩は俺にいろいろ言いたいことあんでしょうけど、けど俺だって今、普通じゃないんです。なんかこう、礼節を持って気持ち落ち着けないと、（視線が止まって）あ……。

ズボンを脱いだままの男3の視線の先……。
いつのまにか廊下から、ひっそりと女1が現れている……。
サンダル履き、スーパーの袋を提げていて――。

女1　岬邦彦の遺体が安置されてるのはここですか？
男3　あ、はい。（ドアを指して）そこが霊安室になってるみたいで……。
女1　葬儀社の方ですか？
男3　いえ、違います。全然。

女1、滑るようにドアを開けて中へ入っていく……。
ドアが閉まるまで、男1・3は半ば呆然と見ていたが――。

男3　……誰です？
男1　……初めて見る。
男3　岬さん、天涯孤独だって言ってましたよね？　親戚もいないって。
男1　フリーで仕事やってんだ、知り合いはいくらでもいるよ。
男3　仕事の付き合いですか、あんな悲愴な顔して？
男1　普通は悲愴感漂うんだよ。
男3　あれは色恋絡んでる、そういう顔ですって。
男1　だったら何だ、お前の気が少しは楽になるってのか？

男3　誰もそんなこと言ってませんよ。
男1　お前、未知子を侮辱してんだぞ。
男3　ただ思っただけですよ。思ったこと言っただけでしょう？
男1　いいからズボンはけよ。
男3　ああ……。
男1　喪服じゃなくて。
男3　なんで。
男1　葬儀屋じゃないんだぞ。今の女の人だってそう言ったろ。
男3　………。（迷っている）
男1　じゃいいよ、どっちだって。早くはけ。パンツ姿で何が礼節だ。
男3　先輩が俺の信念、挫くよなこと言うから。
男1　………。（大きくため息をつく）
男3　なんすか、そのため息。俺が悪いってんですか？　俺もここで悲愴感漂わせて、おいおい泣いてみせりゃいいんすか？
男1　お前、ガルーダって知ってるか？
男3　ガルーダ？　あぁ、俺は全然使ったことないから。

男1　使ったことない？
男3　ガルーダ航空のことでしょ？
男1　違うよ。神話だよ、インドの。インド神話に出てくるガルーダだよ。
男3　同じですよ。
男1　同じ？
男3　ガルーダ航空のガルーダは神話から名前とってんだから。
男1　そうか……。
男3　鳥と人間を足して二で割ったような半獣人でしょ。空中を飛び回ることができて、姿も変幻自在に変えることができきんでしょう？
男1　お前、よく知ってるな。
男3　ガルーダが何ですか。
男1　岬に聞いたのか。
男3　岬さんに？　前から知ってましたよ。
男1　ガルーダはそもそも、なんで神様に闘いを挑んだんだ？　わざわざ神様相手に喧嘩売らなくたってよさそうなもんだろ？
男3　ガルーダってそんなことしたんですか。

男1　知らないのか？

男3　いや、だって、そんなそもそもの話、聞かれても……

女1、ドアを開けて出てくる。

男1・3の視線が注がれる中、ドアの前に立ち止まっていて――。

女1　……いないんですけど。

男3　……はい？

女1　岬の遺体はここだっておっしゃいましたよね。

男3　ええ、そのはずですが……。（男1を見る）

女1　男の人と女の人、どっちも知らない人なんですけど。

男1　その男の人が岬ですけど。

女1　違います。

男1　……？

女1　岬邦彦ですよね。本籍は群馬県高崎市本町三一二の一。

男3　（男1に）でしたっけ？

男1　詳しい番地までは覚えてないけど、出身はそうだよ。
女1　高崎には岬っていう名字、ひとつしかないんです。
男3　……？（男1を見る）
男1　岬とはどういうご関係ですか？
女1　妹です。
男3　妹……？
女1　警察から連絡あったんです。鞄に戸籍謄本・住民票が入ってたって。それで実家に電話あって、あたし電話に出たんです。
男1　実の妹さんですか？
女1　……どういう意味？
男1　あ、いえ……。
男3　岬さん、肉親いないって言ってたんですよ。それで……どうなってんだ？
女1　あの遺体はまるで別の人です。兄じゃありません。でも本籍は合ってるんです。おかしいでしょう？
男3　岬さん、整形してました？
男1　ばか言うな。

女1　兄は六年前に実家を飛び出してそれっきりです。

男1　………。（女1を見る）

男3　俺たちが岬さんに最初に会ったのは……

男1　四年前だ。

女1　整形の線はあるってことですか？

男1　まさか……。

女1　まるっきり違う人ですよ。

男3　ですよね。だいたいそんなことするような人じゃないし。

女1　太もも。右太ももの内側、ここらへんに縫った跡あります。ずっとサッカーやってたんですけど怪我して。あと銀歯。左下の奥二本だけ。

男1　………。

緊張が走る。

それも一瞬、男1は踵を返してドアへ向かおうと——。

男3　やめましょうよ……！

男1　（足が止まり）………。
男3　服ひっぺがすんですか？
男1　………。
男3　口もこじ開けますか。かわいそうですよ、岬さん。
女1　岬と決まったわけじゃないわ……！
男3　俺たちには岬邦彦だったんです。（男1に）先輩、誰よりも岬さん可愛がってたじゃないですか。
男1　……未知子を騙してたことになるんだぞ。
男3　………。
男1　未知子だけじゃない。お前も。俺をもだ。
男3　だからって。それこそ、岬さんを侮辱してんですよ。
男1　………。
女1　女の人は誰なんですか？
男1　………。
男3　（男1が答えないので）境田未知子さん。こちらの妹さんです。
女1　妹……。
男3　結婚することになってたんです、岬さんと。

女1　……。

女1、有無を言わせぬ態度でドアを開けて中へ入っていく。
男1・3、ほとんど身動きしないまま対峙していて――。

男3　もし岬さんの過去になんかあったとして、それで何かが変わるんすか？　先輩、葬式も出しませんか？

男1　俺は真実を知りたいだけだ。

男3　なんすか真実って。

男1　理解することだよ。

男3　理解……？

男1　相手を正しく理解すること。それが喪主としての俺の礼節だ。

男1、男3の視線を振り切って、ドアへと続いて行く。
男3、着替えも途中のまま、どっかりと腰を落ち着け、胸のつかえを吐き出すように大きくため息、天井を仰ぎ見る。
不意に轟音が響き、ドアが独りでに開く。
男2、カメラを肩に現れてきて、誰に言うともなく――。

男2 桜って日本の国の木だよな？
男3 ………。
男2 あれ？ 国の花だったか？ どっちにしてもお国を代表する、そんなんだろ。なんでもっと長いこと咲いてるの選ばなかったのかなぁ。あっけないよ。ほんの束の間だからさ、咲いてるの。花見、嫌いだったっけ？
男3 ………。
男2 俺も昔は嫌いだったんだ、花見。何日も前から場所取りして、そのくせ花なんか誰も見てなくて、酒飲んでわーわー騒いでるばっかで、ろくでもねぇって。けどファインダー越しにアップで見ると、やっぱいいいんだよなぁ、桜。
男3 ………。（ぼんやりと視線が桜へ）
男2 薄いピンクってのがまた、そりゃ綺麗なんだよ。赤すぎず白すぎず。見事なバランス保っててさ。それでいて花びら一枚一枚、微妙に違ってるんだ。

男3　………。（桜に目を奪われたまま、ゆっくりと桜に顔を近づけていく）
男2　そういうとこ、だれもきちんと見ちゃいないんだけどさ。
男3　………。（犬のように這いつくばって顔を桜に近づけていく）
男2　俺は見るよ。ちゃんと見る。
男3　………。（顔がくっつかんばかりに桜を見ている）
男2　（声だけはっきりと男3に向かって）金山孝弘。

男3がふっと顔をあげた瞬間、男2は提げていたカメラをその顔に構えてシャッターを切る。

男3、何事もなかったかのように視線が桜へ……。

男2、カメラを目からはずして桜をしばし見るが、すぐにぷいっとドアの向こうへと去っていく。

ドアは再び、ただならぬ轟音とともに閉まる。

と、すぐにドアが開いて男1、続いて女1が戻ってくる。

男3は犬のように這いつくばったまま桜に目を奪われていて――。

男1　……何やってんだ、お前。
男3　あ……。

男1、ドアから離れて座り、ハンカチを口に押しあてる。
男3、立ち上がって今度は機敏に着替えを再開する。
女1はドアの前から動こうとせず——。

女1　（独り言のように）兄はどこにいるんでしょうか？
男3　（着替えの手が止まり）じゃあ……？
男1　縫った跡なんてどこにもない。銀歯もない。
男3　……そうですか。
男1　誰なんだよ、あいつは。
男3　岬さんですよ。
男1　気休め言うな。名前かたってたことがはっきりしたんだぞ。
男3　みっちゃんにとっては岬さんでした。
男1　騙され続けてな。
男3　……。

男1と男3、視線が厳しくぶつかる……。

這うように霊安室のドアの下、床との隙間から、水がこぼれ出てくる……。
忍び寄るように、透明の染みが広がっていく……。
けれどそれは「不可視」の水であるらしく、誰も意に介さない。

女1　……式の日取りは決まってたんですか？
男3　来月十五日。終戦記念日ですよ。
男1　確かに岬は住民票とったりしてたよ。新居探すって。不動産屋、けっこう回ってたし。
男3　決めたって言ってましたよね。
男1　決めてたんだけどな、やめたんだよ、気に入らないって。
男3　気に入ったから決めたんでしょう？
男1　社長が気にくわないんだと、不動産屋の。
男3　社長にかみついたんですか。なんで？
男1　知らないよ。営業方針がふざけてるとかなんとか言ってた。
男3　……ハハ。（小さく笑いがついて出る）
男1　何がおかしい。
男3　いや、妙なところで正義感ある人だから、岬さん。

男1　………。

男3　岬さんとみっちゃんに挨拶してきます。

すっかり着替え終わった男3、襟を正してドアへ向かおうと——。

男1　金山。

男3　何ですか？

男1　わざわざすまない。

男3　水くさいっすよ、そんな。

男3、女1に軽く頭を下げてドアの中へと入っていく。

静寂……。

ややあって女1、昔話でもするかのように——。

女1　……最近、あたしの父があたしのこと、「あんた、誰？」って言うんです。

男1　………。（女1を見る）

女1　父はたたき上げの実業家で、兄が二十五歳になったらすぐに別会社をつくらせたんです。でも兄は一年足らずのうちに三千万もの借金を背負っちゃって。人を使うのが下手だったんです。

男1　……。

女1　それで今度は別の仕事を任されたんですが、ようやくその仕事が軌道に乗り始めた途端、兄は家を出たんです。逃げたんです、何もかも捨てて。

ドアの向こうから男3の嗚咽が聞こえてくる……。

「不可視の水」は染み出し続けている……。

女1　……。

男1　兄妹は二人っきりですか？

女1　そうです。あなたも？

男1　ええ。うちはもう両親もいなくて。

女1　うちの父はずっと元気だったんですよ、風邪も滅多にひかないくらいで。それが去年の暮れあたりから、なんだか様子がおかしくなってきちゃって。

男1　あんた、誰って？

女1　なのに兄のことは覚えてるんです。邦彦はどこに行った、取引先かって。

男1　………。

女1　邦彦さんは今、銀行に行ってるんです。融資のこと掛け合ってこいって社長がおっしゃったんでしょう？　いつもあたし、そう答えるんです。

男1　………。

女1　警察から電話があって、死んだって聞かされて、あぁ、兄は最後まで逃げたんだって、そう思ったんです。それであたし、どうしても行く気になれなくて、気づいたらいつものようにスーパーに買い物に出ちゃってたんです。でもダイコンとかお醤油とか買ってるうちに、だんだん兄のこと許せなくなってきて、最後はどんな顔して逃げたのか、それ見たっていいじゃないかって思ってきて、そのまま新幹線、飛び乗って来ちゃったんです。

男1　………。

突然、ドアが開いて男3、まっしぐらに自分のブリーフケースに歩み寄り、中からポケットティッシュをつかみ取ると、また一目散にドアへ向かおうと――。

男1　金山。

郵便はがき

101-0064

東京都千代田区
猿楽町二—四—二
（小黒ビル）

而立書房 行

通信欄

而立書房愛読者カード

書　名　アジアン・エイリアン　265—X

御住所　　郵便番号

(ふりがな)
御芳名　　(　　歳)

御職業
(学校名)

お買上げ　(区)
書店名　市　書店

御購読
新聞雑誌

最近よかったと思われた書名

今後の出版御希望の本、著者、企画等

書籍購入に際して、あなたはどうされていますか

1. 書店にて　　2. 直接出版社から

3. 書店に注文して　　4. その他

書店に1ヶ月何回ぐらい行かれますか

(　　月　　回)

男3　（申しわけ程度に足を止め）大丈夫です。

足早に男3、ドアの中へと消えていく。

女1　……あなたの弟になるはずだった岬邦彦は、そういう人じゃないですよね。
男1　挑んでいくタイプです。不動産屋の件もそうだろうし。喧嘩っ早いとか、そういうんじゃないんだけど。
女1　いい人だったんですね。
男1　ええ。
女1　やさしくて。
男1　ええ。
女1　前だけを見て。
男1　カメラマンなんですよ、フリーの。
女1　そうですか。
男1　うちの会社じゃ契約社員でやってたんですけど、被写体を捉える目がいつも挑むような、いい目してるんです。

女1　そうですよね。目を逸らしちゃダメですよね。

男1　そうですね。

女1　逃げちゃいけないんですよね、どんなに今が辛くても。

男1　………。

女1　………。

男1　でもよかったじゃないですか。

女1　え……？

男1　あなたのお兄さんは生きてる。それだけははっきりしたんだから。

女1　どこかで死んでるかもしれません。

男1　それはないです。死んでる人の戸籍は使えませんから。

女1　そうなんですか？

男1　それにまず借金もありません。もちろん前科もない。そうした社会的にマイナス材料のない人の戸籍でないと、使ってもヤバいだけですからね。

女1　詳しいんですね。

男1　あぁ、まぁ……。

女1　「血は水よりも濃い」っていいますよね。

男1　いいますね。
女1　（断定的に）嘘ですよね。
男1　……。

ドアが開いて男3、出てくる。目が真っ赤である。

男3は再びまっすぐに自分のブリーフケースのところへ行き、喪服のポケットから次々に丸められたティッシュを出しては中に押し込むように詰める。

ひと通り入れ終わると男3はどっかり座って、視線が桜へ……。

男1と女1もつられるように桜に目を奪われる……。

ゆっくりと滑るようにドアが開き、男2が出てくる。

男2、射るような視線を投げかけたまま静かに桜に近づいて来て、止まる。

それから器の桜をひとつかみにして抜き取り、右手をそっと器に浸す。

男2がその手で静かにかき回すと、赤く濁った器の水が、みるみる透明に透けていく……。

見届ける男2の視線は、どこか物憂げで、それでいて静かな決意が秘められているようでもある。

男2、すっかり透明になった水に桜を戻して、やがてぷいっとドアの中へと去っていき、音もなくドアが閉まる。

男1・男3・女1は器の桜に目を奪われたまま……。
「不可視の水」はこぼれ続けている……。
ナース服を着た女2、大小二つの紙袋を手に廊下から現れてきて——。

女2 境田さん。

男1 ……はい。（女2を見る）

女2 （小さい紙袋を示し）あのこれ、お二人の所持品。置きっぱなしになってたから。

男1 あぁ、どうもすみません。（受け取る）

女2 財布とか手帳とか全部一緒になってますんで。

男1 わかりました。

女2 こっちは捨てていいんでしたよね。

女2、大きいほうの紙袋から中身を引っ張り出して見せると、それは透明のビニール袋に詰め込まれた衣類。至る所にべっとりと、血が張りついている……。

男1 ……お願いします。

男3　いいんですか？

男1　もらったってしょうがないだろ。

女2　処置するとき、ざくざく切り裂いちゃってますからね。

男1　捨ててください。

女2　じゃ、こっちで処分します。（紙袋につっこむ）

男1　巻村先生、まだ忙しいんでしょうか？

女2　医局に戻られたと思いますけど、何か？

男1　死亡診断書のことで、お話したいことがありまして。

女2　医局、訪ねてみてください。

男1　あ、はい……。

女2　……。（桜の生け具合が気に入らず、枝を抜いて挿し直す）

男1　警察のほうはもう……？

女2　さっきまで処置室で先生から話聞いてたみたいですけど、なんだったら処置室も覗いてみてください。

男1　あ、はい……。

男3　それ、もらっていいですか。

女2　不潔ですよ、血が付いてるから。
男3　血……？
女2　……。（大きい紙袋を差し出す）
男3　じゃなくて桜。ひと枝、欲しいんですけど形見に。
女2　形見に？
男3　いやあの、なんとなくそんな気分っていうか、ダメですか？
女2　……どうぞ。
男3　すいません。（桜の枝を一本、抜き取る）
女2　あぁ、境田さん。
男1　はい。
女2　このたびはどうも至りませんで……。（頭を下げる）
男1　こちらこそお世話になりました。（頭を下げる）

女2、大きい紙袋を持って去っていく。
男3、男1が怪訝な目で見ているのに気づいて――。

39　アジアン・エイリアン

男3　岬さん、よく撮ってたじゃないですか、桜の写真。それでなんとなく……。
女1　「血」って不潔なんですね……。
男1　………。
女1　死亡診断書のことで話したいことって何ですか？
男1　このまま診断書出されたら、あなたのお兄さんは死んだことになる。
男3　あ、そうか。そうだよな。
男1　話さなきゃマズいだろ。
女1　もういいんです……。
男1　生きてる人を勝手に殺すわけにはいきませんよ。
女1　………。
男1　……医局に行って来る。（だが体は動かず）
女1　………。
男3　皮肉なもんですね。
男1　皮肉……？
男3　日頃、人のデータで商売してるのに、あんなもの何の役にも立たない。かえって振り回されて。
男1　仕事のデータは単なるデータだ。どんな人かがわかるもんじゃない。

男3　でもみんな、それでわかると思ってんでしょう？　思ってるから、あれこれ調べたがるんですよ。
男1　関係ないよ。
男3　じゃなんで調べるんですか、それでその人となりがわかると思ってるからじゃないんですか？　生まれはどこだ、家族関係は、年収は。どうでもいいよなことまで持ち出して。
男1　じゃお前、わかったか？　岬が他人の戸籍使って素性隠してた。そんなタイプの人間だったって、わかってたか？
男3　……そういうことじゃなくて。
男1　素性を隠してるってことは、それなりの理由があるってことだぞ。
男3　………。
女1　(男3に）……仕事って、興信所ですか？
男3　うちは情報提供サービスです。
女1　情報提供……？
男1　いろんな名簿、売ったり買ったりしてるんですよ。
女1　……名簿をですか。
男1　まっとうな仕事ですよ。タウンページにもちゃんと電話番号出てますし。

女1　そうですか……。
男3　先輩は岬さんのこと、好きじゃなかったんですね。
男1　……何？
男3　単なるデータだ関係ないって言いながら、岬さんのこと、まるで別人として見てるじゃないですか。
男1　別人だったじゃないか。あいつは岬じゃなかったんだぞ。
男3　名前が違ってただけですよ。
男1　だけ……？
男3　脳ミソが、心が変わったわけじゃない。戸籍にしたって隠さなきゃなんない事情があったのかもしれないじゃないですか。

不意に男1、男3に詰め寄って、その胸ぐらを締め上げる。

男3　……何すか。
男1　理由を言ってみろ。
男3　理由……？

男1　お前も仕事柄、それくらい知ってるだろ。人が他人の戸籍を使う、その典型的な理由だよ、言ってみろ。

男3　……多額の借金があるか……

男1　岬に借金はない。

男3　本人および家族に犯罪歴がある……。

男1　……未知子の気持ちを考えたことがあるか。

男3　………。

男1　あるわけないよな。お前は未知子の気持ちを踏みにじった男だからな。

男3　………。

男3、いきなり男1を突き飛ばす。

「不可視の水」の水しぶきがあがるが、意に介されることはなく――。

男3　踏みにじってるのは先輩だよ。岬さんが犯罪者なわけないじゃないか。そんな考え方すること自体、おかしいよ。踏みにじってるよ。たとえ岬さんに前科があっても、俺は岬さんに対してなんにも変わらない。変わるわけがない。みっちゃんのことだって俺は……俺は……

男1　……悪かった。
男3　………。

突き動かされたかのように男1、ハンカチを口に押し当ててうずくまる……。

女1　大丈夫ですか？
男1　……あなたは平気ですか？
女1　え……？
男1　なんか、ドアの向こうから漂ってくるんですよ。
女1　線香の匂い、ダメなんですか？
男1　そういうんじゃなくて、線香の匂いに混じってなんか不快な感じ、漂ってませんか。どんどん強くなってる。………。
女1　………。（視線がドアへ）
男1　……名前、伺ってませんでしたね。
女1　（自分のことだと気づき）……顕子です。岬顕子。
男1　顕子さんのお兄さんは家を出たままずっと消息不明だったんですか？

女1　海外に行ってたと思うんです。

男1　海外……？

女1　近くの旅行代理店にあたしの同級生が勤めてて、兄がいなくなったあと教えてくれたんです。航空券を買ってたよって。

男3　航空券って……？

女1　ガルーダ航空のジャカルタ行き。片道だけ買ったそうです。

男1　………。

男3　……変幻自在。

男1　え……？

男3　岬さん、ガルーダに乗って姿変えちゃったんだ。

女1　どういうことですか？

男1　………。

突然、男1は女2から預かった小さな紙袋の中を探り始める。

男3と女1が見守る中、男1は中から「ある物」を引っぱり出して――。

男3　それは……？

男1　航空券だ。

男3　………。

男1　（開けてみて）ガルーダ航空、ジャカルタ行き。往復で二枚。

女1　出発はいつなんですか。

男1　八月十六日……。

男3　結婚式の次の日だ……。

男1　………。

男1、航空券を紙袋に戻して袋をつかんで、去っていこうと――。

男3　どこ行くんですか？

男1　医局だよ。処置室も覗いてみる。

男1、去っていく。

ややあって男3、持参した紙袋とブリーフケースを取りに行こうと――。

女1　あたしはここにいていいんでしょうか。

男3　僕もいます。

女1　え……？

男3　もう一度、霊安室ン中、行ってきますんで。

女1　………。

男3　きちんと覚えておきたいんです、さっきはおいおい泣いてばかりいたから。

女1　……覚えておくって何を？

男3　二人の死に顔です。

女1　………。

男3　ちゃんと見なきゃと思って、目を逸らさずに。

女1　………。

男3、霊安室のドアを開けて、中に入っていく。
少し遅れて女1、後に続く。
そのドアの下、「不可視の水」があふれ続けている……。

3　見えざる顔

次々に「顔」が浮かびあがる……。

真顔。

何食わぬ顔。浮かぬ顔。知らぬ顔。したり顔。物知り顔。心得顔。我が物顔。ほくそ笑む顔。

……。

唐突に「顔」が途切れて――。


殺風景な事務所のようなフロア。

床には「不可視の水」が薄氷のように張っている。

奥のドアが開いて（このドアは劇場の搬入口など、実際に外に通じるドアでなければならない）、男2と男1が入ってくる。

男2はカメラバッグを肩に長テーブルを、男1は紙袋とパイプ椅子三脚を持っていて――。

男2　うわ。蒸し風呂ですよ。
男1　何だよ、こっちのほうが少しはましだと思った……（蒸し暑さを感じ）うわぁ。

男2　似たようなもんでしょ。
男1　戻るか？
男2　今さら戻るんですか。も、いいっすよ。もっと汗出ますよ。
男1　こりゃ百点満点だな。
男2　百点満点？
男1　不快指数。

再び、次々に浮かびあがる「顔」……。

地顔。

パックする顔。歯磨きする顔。髭を剃る顔。髪を梳かす顔。ファンデーションを塗る顔。絆創膏を貼る顔。口紅を引く顔。鼻毛を抜く顔。帽子を被る顔。カツラを脱ぐ顔。サングラスをかける顔。ピアスする顔。………。

地顔。

歌舞伎の隈取りのような顔。

部族の儀式を思わせる原色で彩られた顔。

髪の毛を虹色に染め分けた顔。

眼帯をして、頭に包帯を巻いている顔。

顔いっぱいに「あい　と　へいわ　が　たいせつ　ともだちは　おおいけれど　コンビニ　に　いく
と　なみだ　が　すこし　でる」と書かれた顔。

誇示するように「３１２１」と書かれた顔。

頬に日の丸の描かれた男３の顔……。


この間に、男１と男２、フロアに入ってきて、それぞれ荷物を置く。

男１、紙袋から大量の書類を出してテーブルに山と積む。

男２、バッグから紙焼き・ベタ焼きの写真を出して、紙焼きをテーブルに所狭しと広げていく。

やがて男２、椅子に座って一枚一枚、じっくりと吟味するように手にとって見ては、ベタ焼きにチェックを入れる。

男１は立ったまま広げられた写真全体を眺め、適当に並べ替えたりする。

「顔」が再び、唐突に途切れて――。

男１　こんだけ並べてみると面白いもんだな。
男２　でしょう。

男1　同じ日本人で、こうも違うとはなぁ。
男2　……。
男1　（一枚手に取り）なんだコレ、金山か？
男2　傑作でしょ。
男1　あいつ、普段ぱっとしないけど、写真写りはもっとぱっとしないな。
男2　カメラ意識しなきゃ、いい顔するんですけどね。
男1　いつ、やるんだったっけ？
男2　九月の二十一日から一週間です。ギャラリーに空きが出たからって、実はピンチヒッターなんだけど。
男1　それにしたってたいしたもんだよ。
男2　俺にとっちゃ御の字なんですよ。あと五年は無理だなって諦めてたから。
男1　未知子、はしゃいでた。
男2　ええ。
男1　告知記事出すよう雑誌部に掛け合うって、今から。
男2　俺は自己満足でいいって言ってんですけど。
男1　タイトルは？

男2　え？

男1　個展って普通つけるだろ？　チラシとか作らないのか？

男2　「見えざる顔」

男1　何だ、それ。

男2　変ですか？

男1　顔の写真を並べて見せて……「見えざる顔」？

男2　いい線ついてると思うんだけどなぁ。思いません？

奥のドアが開いて、男3がミニペットボトルの水を三本持って現れる。
男3の左頬には日の丸が描かれていて——。

男3　暑いっすねぇ、まだ六月だってのにどうなってんですかね、ニッポンは。

男1　あっち、終わったか？

男3　全然。足の踏み場もないくらい。

男2　一日じゃ片づかないでしょ、あれは。

男3　何もクーラー、先に外すことないっすよね、これじゃ全然はかどんないすよ、暑くて。へい、お

待ち。（ペットボトルをテーブルに置く）

男2　サンキュ。

男1　（頬の日の丸に気づいて）何描いてんだよ、お前。

男3　あ、気づいてくれました？

男1　（男3の写真を手にして）写真、また撮るのか？

男2　好きでやってんですよ。

男3　（写真を指して）コレはこないだのチェコ戦のとき撮ってもらったんですけど、俺、決めたんすよ。

男1　何を？

男3　フランス行けないでしょう？　だからワールドカップ終わるまで、毎日ここにコレ描いて、日本代表と心はひとつ。いいでしょ？

男1　それで仕事すんのか、お前は。

男3　さっき描いたんです、今日はもう終わりだっていうから。で、日本が一勝するたびに日の丸、少しずつでっかくすんですよ。いいでしょ？

男1　何が？　万一、日本が勝ち続けたら、お前は真っ赤なお鼻のトナカイさんか？

男2　どのみち日の丸は大きくならないな。

男3　行けますよ、決勝トーナメント。

男2　君は世界を知らない。
男1　たぶん三連敗。
男3　ジャマイカには勝ちます。
男1　それが負けるんだな、たぶん一対二。
男3　一点しか取れないってんですか？
男2　たぶん、中山。
男3　賭けますか、予選リーグ突破。
男1　三連敗に一万円。
男3　一万？
男2　境田さんに乗った、一万円。
男3　マジですか？
男2　勝ってほしいのは山々だけどさ、現実は現実として冷静に見つめなきゃ。
男1　俺はお前のトナカイを見たくないだけだけどな。
男3　受けてたちましょう、二万円。
男1　お前、払えるのか？
男3　負けたらローンで……。

男1　ローン？
男3　いや、ま、ニッポンは勝ちますから別にいいんですけど。一回で払いますよ。
男2　よし、話は決まった。
男1　で、金山。
男3　はい？
男1　（書類の山を指し）これ入れるファイルは？
男3　あ……。
男1　お前、日の丸描いてる暇あるんなら、さっさと仕事やっつけろよ。

奥のドアが開いて、鞄を持った背広姿の男4、顔を見せて——。

男4　あの。
男3　あ、はい……。
男4　下で伺ったら、境田さん上だって言われたんで来たんですが。
男1　あぁ、こないだの。
男4　どうも。今、ちょっといいですか？

男1　どういったことでしょう？

男4　先日お願いした個人調査の件で聞きたいことがあるんです。お忙しいですか？

男1　どうぞ。

男3　俺、ファイル取ってきますね。

男1　（頬の日の丸を指し）これも落としてこい。

男3　なんで？

男1　みっともないだろ？

男3　情熱の証ですよ。

男1　競技場じゃないんだぞ。そんな奴と仕事してると思われる俺の身にもなれ。

男2　（やや離れて立っている男4に）どうぞ。

　　男3、男4とすれ違って互いに軽く会釈、奥のドアから出ていく。
　　男1、男2とテーブルをずらしたりして応対スペースを作りつつ――。

男1　すいませんね、こんなところで。

男4　引っ越しだそうですね。

男1　そうなんですよ、ワンフロアで広い物件が見つかりましてね。下川さん、でしたよね？
男4　はい……。
男1　そっち座ってください。
男2　俺、外しましょうか。
男1　いいよ。それ整理しなきゃいけないだろ。（男4に向かい合って座りつつ）ここ、上と下に分かれてたでしょ、何かと不便だったんですよ。
男4　（鞄から封書を出して）これ、郵送されてきたんです。
男1　ええ、少し時間をいただく項目については後日郵送ということで、そうお話しましたよね？
男4　……ここ、暑いですね。
男1　あ、クーラー外しちゃったんですよ、もう引っ越し先に持ってっちゃって。
男4　ドア、開けてていいですか？
男1　あぁ、開けますか？

即座に男4、立って行って、自らドアを開け放つ。
男1と男2、ややあっけにとられる……。
男4、真白いハンカチで汗を拭いつつ戻ってきて——。

男2　……どうもすいません。
男1　わざわざ……。
男4　………。（椅子に座って封書から書類を出し、じっと見つめる）
男1　………。
男4　………。（書類を見ている）
男1　……下川さん？
男4　びっくりしました。
男1　……何が？
男4　（書類を示し）電話番号だけでこんなにわかるんですね。
男1　あぁ、報告書。
男4　そちらにお伝えしたの、電話番号だけですよ。なのにどうしてこんなにわかるんです？
男1　会社として、いろいろと努力はしてますんで。
男4　住所。名前。生年月日。
男1　それは基本ですから。
男4　学歴。本籍。実家の住所・電話番号。
男1　……そこらへんがあとからお送りしたものだと思うんですが。

男4　クレジット残高。親の名前。親兄弟の消息。家系図。
男1　………。
男4　これじゃ丸裸ですね、迫水の人生。
男1　サコミズ……？
男4　調べてもらった相手ですよ。（報告書を見つつ）迫水剛《さこみずつよし》。現在、無職。勤務していたグローバル証券、倒産。かっこ二月二十五日付。
男1　……はぁ。（苦笑い）
男4　笑えますよね、シンプルで。趣味はパソコンってことになってる。これはパソコン教室に通ってたから？
男1　まぁ、そういったことじゃないかと……。
男4　住まいはマンション、鉄筋コンクリート造り四階建て。（写真を男1に突きつけ）ご丁寧に建物の写真までついて。
男1　何か不満があるんなら言ってください。
男4　………。（写真を封筒にしまう）
男1　………。
男4　ほかに何がわかるんです？

男1　……いただいた料金だとそこまでですね。さらに調査される場合は別に規定料金がありますんで。
男4　いくらです？
男1　何がお知りになりたいんですか？
男4　何でもいいんですよ、迫水に関することなら、わかることすべて。
男1　……。
男4　金なら払いますよ。
男1　仮りに浮気とか、そういった素行調査でしたら興信所に行っていただかないと。うちはあくまで、名簿でわかることをデータとして提供してるだけですから。
男4　それでもこんなにわかってる。ほかにもわかることあるんでしょう？
男1　ええまぁ、ありますけどね。
男4　たとえば？
男1　……通販で買った商品、借りたレンタルビデオのタイトル、最近かかった病院、病歴、どんな資格を持ってるか……
男4　（ややあきれて）そんなことまでわかるんだ。
男1　あくまで迫水さんがそういった名簿に載っていればの話ですよ。

男4　（厳しく）人権侵害だろ、それ。
男1　………。
男4　人のプライバシー、暴いてるってことですよね？
男2　あなたが依頼したんでしょう？
男1　（たしなめて）岬。
男2　………。
男4　（テーブルに広げられた写真を手に取り）顔写真までストックしてるんですか？
男2　………。（写真をやんわり取り返す）
男4　情報充実。まるで犯罪者扱いですね。
男2　これはプライベートで撮ってるんです。
男4　あなた、カメラマンですか？
男2　そうですよ。
男4　人の住んでるマンションやアパート撮影して楽しいですか？
男2　仕事ですからね。
男4　カメラマンとしてのプライドないの？
男2　………。

男4　ダイレクトメールが知らないとこから、どんどん来るんですよ。「受け取り拒否」、そう表書きして郵便局に戻しても、住所を変えても、どんどん来るんです。薄気味悪いし、煩わしいし、何か得体の知れないものがひたひたひたひた入り込んでくるような、そんな気がしてたんですが、あなた方はそんな気になったことないんでしょうね。

男2　（素っ気なく）嫌がらせなら帰ってくれません？

男4　あるはずないですよね、あなた方はそれで商売までしてる、得体の知れない正体はあんたたちなんだから。

男1、無造作に男4の持つ書類を取って、のぞき込みつつ――。

男1　この迫水って方、クレジットの残高、けっこうありますよね。いわゆる消費者金融の枠を拡大して調べれば、もっと詳しい情報が得られるかもしれませ……

男4、遮るように男1から書類を乱暴に取り返す。

男4　……。

男1　ご用件は何なんです？
男4　……。
男1　下川さんとおっしゃいましたね。
男4　迫水です。
男1　（怪訝に）は？
男4　迫水は俺なんですよ。03-3317-1642。調べてもらったのは俺の電話番号です。
男1　……。
男4　下川は昔の同僚の名前。勝手に拝借したんです。
男1　……。

開いたままの奥のドアから男3が戻ってくる。
しん、と静まり返ったフロアの様子を不審に思いながらもドアを閉めて、居心地悪げに男1に近づいて——。

男3　……ファイル、これでいいんですよね。
男1　あぁ。

男3　（声を潜めて男1に）どうかしました？
男1　（積まれた書類を指し）これ、順番に入れてってくれ。
男3　あ、はい。（声を潜めて男2に）トラブル？
男2　……。（男3の頭をはたく）
男1　（男4に）どういうことです？

男4、不意に立ってドアまで行き、ドアを開け放つ。
男1・男2・男3がそれぞれ無言で時間を嚙みつぶしているなか、男4はハンカチで汗を拭きつつ、悠然と戻ってきて椅子に座る。

男4　でも確かに、これだけ調べて二万は安いですよね。
男1　どうして自分のこと調べさせたんですか？
男4　迫水剛の値段は高々二万ってことですもんね。
男1　……。
男4　最近、俺のこと、俺以外に誰か調べましたよね？
男1　……。

男4 聞いてるんですよ、俺は、あなたに。
男1 お答えできません。
男4 ……。
男1 答えませんよ、普通そんなこと。答える義務だってない。
男4 金払えば教えるんですか?
男1 (あきれて)……。
男4 家系図やクレジット残高、金さえ払えば誰にでも教えてるじゃないですか、(報告書を示し)こうして。本人に断りもなく。
男1 うちの基本は企業相手の取引なんです、個人情報調査は始めてまだ一年足らず。あなたのことを個人的に知りたがってる人がそうそう何人もいるとは思えませんがね。
男4 だから会社なんだよ、調べたのは。
男1 会社……?
男4 東西生命。保険会社ですよ。中途採用試験の最終候補者、全員の身上調査、したでしょう?
男1 ……。
男3 (男1に)しましたっけ?
男4 したんだよ。だから採用されなかったんだ。(報告書を示し)こんなもん、勝手にまとめあげてくれたおかげでね。

男1　……そういうことですか。

男4　わかっていただけましたか。

男1、出し抜けに立ち上がり、ドアに行き、ドアを閉めて椅子に戻る……。
すぐに男4、立ち上がってドアに行き、開け放って戻る……。
すると男1、再びドアに行き、ドアを閉めて戻る……。
さらに男4、ドアに行き、開け放って戻る……。
今度は男3、ドアに行き、ドアを閉めて戻る……。
憤然と男4、ドアに向かって行き、ドアを開け放って——。

男4　もっとちゃんと、目を見開いて見ろよ……！

男1　見ろって何を？

男4　あんたたちには単なるデータかもしれないけど、その一つ一つ、一人一人にはその写真のように、ちゃんと顔があるんだよ。

男1　………。

男4　顔が見えないから、（報告書を突きつけるように示し）こんなことができるんだ。

男1　……。

男4、突きつけた報告書を一枚一枚、床にほうり捨て、体をどっかりと椅子に預ける……。

床を覆いつくしている「不可視の水」に濡れる報告書……。

ややあって男1、「不可視の水」に漂うその報告書を拾い上げつつ——。

男1　……筋違いでしょう。

男4　筋違い……？

男1　あなたはつまり、不採用になったのはわれわれのせいだと言いたいわけでしょう？

男4　……。

男1　あちこち手を尽くして、あなたのこと根ほり葉ほり調べ上げる。名簿なんてもので商売してる。それがいけないんだと？

男4　違うとでも言いますか？

男1　誰でも見れるんですよ。

男4　……誰でも？

男1　クレジット情報なんて、あなた自分から自分のこと世間に晒していいって、そういう契約してるんです。
男4　（一笑に付して）そんなばかな。
男1　ご存じないんですか。クレジットカードを作るときの申込書、入会するとあなたの情報は信用情報機関に自動的に登録されるんですよ。
男4　自動的に……？
男1　そのうえ登録された個人情報を利用されてもかまわない、利用されることに同意します。そういったことも断り書きには書かれてるんですけどね。
男4　………。
男1　便利なことにはホイホイ乗っかっといて、ヤバくなったらプライバシーだの人権侵害だの、みっともないと思いませんか。
男4　戸籍は？　戸籍はどうなんだ？　本籍に親兄弟の消息、家系図まで。あんなものは戸籍を……
男1　同じですよ。
男4　他人のものまで勝手に見ていいわけないだろう？
男1　戸籍謄本だろうが住民票だろうが、請求用紙書いて手数料さえ払えば、誰のでも見ることができるんです。

69　アジアン・エイリアン

男4　………。
男1　われわれの仕事は依頼者に代わってそれなりのものを集め、単に見ることなんです。しかも見るものは、あなたがかつて、どこかで・何かに・自分で登録したんであって、こっちが無理矢理、秘密の鍵をこじ開けたわけじゃない。
男4　………。
男1　あなたが自分でドアを開けたんです。
男4　………。

男1、「不可視の水」に濡れた書類を男4の膝の上に置く……。

男1　ついでに言っときますけどね。今のご時世、何でもOKなんです。
男4　何でも……?
男1　電話番号じゃなくても、数字で番号化できるものなら、銀行口座、免許証、健康保険証。ほとんど割り出せるんです。
男4　………。
男1　たいていのことは調べついちゃうんですよ。

男4　(半ば自嘲的に)それでどうやってプライバシー、守れって?
男1　良くも悪くも、いったんドアを開けてしまえば、たちどころに外の世界とつながってしまう。そういう時代ですから、今は。
男4　………。
男1　わかっていただけましたか?
男4　まるで、この国には住むなって言われてるみたいですね。
男1　そうですね。辞めちゃえばいいんですよ、日本人。
男4　……どうやって?
男1　辞められますよ、国際結婚すれば。
男4　国際結婚……?
男1　どこか好きな国に帰化すればいいんです。
男4　………。(ややあって思わず吹き出し、そのまま笑う)
男1　おかしいですか。
男4　俺も何にも見えてなかったけど、あんたももうほんとになぁんにも見ない人なんですね。
男1　……何がです?
男4　あなた、俺が東西生命に採用されなかったの、サラ金からけっこう金借りてるせいだと思ってるでしょう。

男1　……さぁ、私は東西生命の人間じゃないんで、それこそ事の真相は見えないんですが。

男4　もちろん俺だって、それが大きく足引っ張ったと思ってますよ。だけどたぶん、決定打は別なんですよ。

男1　決定打……？

男4、報告書を男1に押しつけるように差し出す。
男1、受け取って見る……。

男4　家系図です。

男1　家系図……？

男4　オフクロのほうの祖母、「昭和二十七年、帰化」って書いてあるでしょ。

男1　………。（驚いて書類を見る）

男4　台湾人だったんですよ、俺のばあちゃん。

男1　………。（男4を見る）

男4　オヤジからもオフクロからもそんなこと、ひとっ言も聞かされてなかったから、驚きましたよ。

俺はずっと、台湾人の血を引くクオーターだった。家族の誰もが秘密にしといたこと、その報告書が教えてくれたんです。

男1　東西生命はそのこと……？

男4　知らないはずないでしょう、高々二万であなた方がそこまで調べてくれるんだから。

男1　………。

男4　死ぬまで知りたくなかったなぁ……。

男1　そんなことで不採用にするはずがない。したら差別でしょう。

男4　じゃあなんで隠してたんです？

男1　隠してた……？

男4　オヤジもオフクロもずっと秘密にしてた、それは隠さなきゃやってけない理由があった、あるってことでしょう？

男1　………。

男4　国際結婚なんかしなくたって、もともと俺はまっとうな日本人じゃない。本当の顔を晒されれば、途方に暮れる人間だっているんです。

男1　………。

男4、鞄を取って去っていこうとして、足が止まると振り向いて——。

男4　「水清ければ魚《うお》棲まず」っていいますよね。

男1　……いいますね。

男4　あなた方ですよ、棲みにくくしてるのは。

男4、開け放たれたドアから外に出てドアを閉めると、なぜかこのときだけ轟音が鳴り響く……。

男1・2・3、それぞれ言葉なく、見送っていたが——。

男1　台湾人だったら何だっていうんだ？　金山、気にするか？　もし俺が台湾人だったらお前、どうだ？

男3　いや、急にどうだって言われても……。

男1　俺はもし、お前が台湾人でも気にしない。どうってことない、平気でいられる。そういうもんだろう？　違うか、岬。

男2　……そう、ありたいですよね。

男1、不意に内側から突きあげてくるものがあって、ハンカチを出して口にあて椅子に座る……。

男2　……境田さん？

男3　どうしたんです？

男1　……なんか急に、気持ち悪くなった……。

男3　大丈夫ですか？

男2　どっか、横になります？

男1　……いや、いい。

男2　なんか薬、持ってきましょうか？

男1　……大丈夫だ、もう。

男2　ほんとですか？

男1　ああ……。

男3　びっくりさせないでくださいよ。

男1　すまん……。

男3　ま、確かに胸クソ悪くなるよな男でしたよね。口のきき方がなってないっていうか、言いたいことはわからないでもないんだけど。

男2　エイリアンだからな、日本人にとって外国人は。
男1　エイリアン……？
男2　なんかそういうとこ否定できないでしょ？
男3　でもエイリアンなんて言い方します？
男2　知らないのか？　海外から日本に来るとき、空港で日本人と外国人、別々のゲートを通って入国するだろ？　その外国人のほうのゲートに書かれてたんだよ。
男1　「ALIEN」って……？
男2　ええ、公然と。
男3　そうなんですか？
男2　ほんの数年前までな。
男1　……。

男1、不意に去って行こうと――。

男2　え？　下、戻るんですか？
男1　東西生命の身上調査、どの程度のデータを出したのか、調べてくる。

男3　……ってパソコン、もうすっかり梱包されちゃってますよ。
男1　出力してまとめたものがあったろ？
男3　見つかりますか？　あの状態で。
男1　ちょっと見てくる。
男3　俺、行きますよ。
男1　いい。お前はそれ、やっといてくれ。
男3　あ、はい……。

言いつつ男1、足早に出ていく。
男2と男3、それぞれ写真と書類の整理作業に戻って——。

男3　……ほんとの顔って、なかなか見えないですよね。
男2　そうだな。
男3　………。
男2　………。
男3　あれ？　そういえばみっちゃん今、台湾に行ってるんじゃ……？

男2　香港だよ。
男3　あ、そうだ、香港だ。いい仕事だよなぁ、毎日観光旅行で。
男2　ンな気楽な仕事あるわけないだろ。
男3　え、だって、しょっちゅう海外行ってるじゃないですか。
男2　旅行ガイドブックってのはな、予算かつかつなの。取材取材で一日中、スケジュールばっちり埋まってるし、遊んでる暇なんて全然ないの。
男3　岬さん、カメラマンとして何度か同行してるんですよね。
男2　安上がりの近場ばっかしな。
男3　そして二人は南の島で恋に落ちました。
男2　何言ってんだ。
男3　これから何かと忙しくなるでしょう？
男2　何が？
男3　披露宴の招待状とか、もう書きました？
男2　そういうの俺、あっちにお任せだから。お前、来てくれるんだろ？
男3　裸踊りでもしますか。
男2　お前さぁ……。

男3　え……？

男2　好きだったんだろ？

男3　何言ってんすか。

男2　未知子も、お前のこと本気だったって言ってた。

男3　……。

男2　……わかってたんだろ？

男3　俺、エイリアンなんですよ。

男2　何……？

男3　朝鮮人なんです。

男2　……。

男3　本来は「金永寛《キムヨングワン》」っていうらしいですよ、俺の名前。自分じゃ全然ぴんとこないんですけど。
国籍も日本国籍だし。

男2　それで未知子のこと、受け入れなかったのか？

男3　そういうわけじゃないけど。みっちゃんには成り行きで話、してたから。

男2　境田さんには？

男3　なんかもう長いこと、このままきちゃってるし、今の関係のままで別にいいよなって。自分からほいほい話すことじゃない気もするし。

男2　じゃなんで俺に話した？

男3　なんででしょう？　岬さんがカメラマンだからですかね。

男2　カメラマン……？

男3　俺のもう一つのほんとの顔、どっかに記録しといてもいいのかなって。

男2　……。

男3　日頃はそんなこと、まるで考えちゃいないんですけどね。北とか南とか言われても何とも思わない朝鮮人だから、俺。

男2　……。

男3　ただ、あれなんですよね。

男2　何だ？

男3　サッカーの時だけはちょっと困っちゃうんですよ、日韓戦。なんか、どっちも負けてほしくないんですよね。いや俺、朝鮮半島に一回も行ったことないんですよ。だけど、なんかわかんないんだけど、「祖国」って言葉が沸々と浮かんだりして、決着つくのが辛くなっちゃうんですよ。ほんと、日頃は全然そんなことないんだけど。

男2　……。

男3　………。
男2　金山孝弘。

男3が振り向いた瞬間、男2はカメラを構えてシャッターを切る。

男3　……わ。今もろにフラッシュ見ちゃいましたよ。
男2　この写真、使わせてもらうよ。
男3　えぇ？　今、目ぇつぶってたでしょう？
男2　ばっちり。イイ顔してた。
男3　嘘くせぇ。

男1、ドアを開けて戻ってくるや――。

男1　岬。
男2　あ、はい。
男1　悪ぃ、それ片づけてくれ。下でテーブルが一個足りないって騒いでた。

男3　あれ？　もう積むんですか？
男1　積むんだと。ファイルはできたか？
男3　はい、終わりました。
男2　……東西生命、どうでした？
男1　うん。うちで持ってるデータは漏らさず向こうに渡ってた。
男3　そうですか……。
男1　しょうがないだろ。だからって、どうにかできることじゃないし。俺たちは神様じゃない。
男2　………。
男3　じゃ俺、テーブル運んじゃいますね。
男1　おう。ファイルは俺が持ってくから。

男3、テーブルを抱えて出ていく。
男2は椅子にバッグを置き、中にカメラや写真を整理して入れる。
男1、ファイリングされた書類を抱え、椅子に腰掛けて――。

男1　……国民総背番号制。

男2　え……？

男1　導入する動きがあるのないの、導入したら人権侵害だの何だのって、マスコミが思い出したように書きたてるだろう。

男2　ええ。

男1　国が名簿業者やるようなもんだろう？　お前、反対か？

男2　賛成です。

男1　……そうか。

男2　意外でした？

男1　ちょっと。

男2　事務手続きが便利になるとかそういうんじゃなくて、例外なく全国民にレッテルが貼られるのなら、それでやっと平等になれるかなって気がして。

男1　平等に……？

男2　とことんガラス張りになれば、そうなれませんかね？

男1　そうそう簡単にはいかないだろ。

男2　……俺、中学ンとき先生に言われたことがあるんですよ。お前は水のような性格だって。

男1　どういう意味だ？

男2　「水は方円の器に随《したが》う」。容れ物次第で、水は自由に形を変えられるでしょ。
男1　臨機応変ってことか？
男2　優柔不断ってことじゃないですか。
男1　でもどっちにしても、どんなものでも受け入れることができるってわけだ。
男2　でも従わなきゃならない水って時に悲しいですよね。
男1　どうして？
男2　まるで主体性がないみたいじゃないですか。
男1　それを言うなら俺だってそうだ。
男2　………。
男1　行くか。
男2　はい。

男1はファイルとパイプ椅子を、男2はカメラバッグとパイプ椅子を持って、それぞれドアに向かい始めて――。

男1　そうだ、「見えざる顔」。

男2　え……？

男1　お前の個展のタイトルだよ。謎が解けた。

男2　謎？

男1　いろんなバリエーションで撮ってあったけど、あの写真には笑顔、泣き叫ぶ顔、憎しみの顔、感情をむき出しにした顔がひとつもない。

男2　鋭い。

男1　人間の本当の感情はなかなか顔には現れない。ましてやデータで推し量れるもんじゃない。どうだ、正解だろ？

男2　在日なんです。

男1　（思わず足が止まり）ザイニチ……？

男2　被写体になってもらったの、みんな在日朝鮮人・在日韓国人の人なんですよ。

男1　……そういうことか。

男2　ええ。

男1と男2、まるで大河の対岸に立つように、「不可視の水」を挟んで立っている……。

男1　じゃ、金山……？

男2　あれはたまたま。チェコ戦に行ったときのと同じフィルム使ってたんで、たまたま一緒に焼いたんです。

男1　そうか……。

男2　名前はもろ、在日っぽいですけどね。

男1　いい個展になるといいな。

男2　しますよ。

男1、ドアを開けて出ていく。
遅れて男2、外に出てドアを閉めると、またしても轟音が鳴り響く。

4　可視への戦い

がらんとした倉庫の中二階のような場所。

床には「不可視の水」が行き場をなくしたように貯まっている……。

小瓶のドリンクを片手に男5、弾む息で階段を駆け上がってくる。

いったん後ろを振り返り、荒い息のまま椅子を持ち出してきて、ドリンクを勢いよく飲む。

それから椅子に腰を落ち着けると、彫像のように一点を見つめる……。

男5の息遣いが収まりかけたところへ、写真を手に背広姿の男1、さらに荒い息遣いで階段を駆け上がってくる……。

男5、気づいて視線を合わせるが、すぐにまた石のように固まる。

男1　……知ってるんですね？
男5　……。
男1　（写真を見せ）この男のこと、知ってますね？
男5　……。
男1　（声が大きくなり）聞こえませんか。

男5　………。（男1を見る）

男1　（写真を突きつけ）この男に戸籍、売りましたよね？

男5　知らないよ。

男1　じゃ写真見て、どうして逃げた？

男5　（にやりと笑って）逃げるの得意なんだよ。

男1　……私は警察じゃない。この男のこと聞きたくて、それだけでわざわざここまで来たんです。

男5　Where are you from?

男1　……からかってるのか？

男5　Where are you from?

男1　日本語しゃべってるだろう、日本だよっ。

男5　English Please.

男1　………。

男5　………。

男1、ポケットからハンカチを出して汗を拭い、周りを見回して今度はハンカチを口に当てる。

何か、漂ってくるらしい……。

男1　……話したくない気持ちは分かりますけどね。おそらくあなたは不法滞在。自分のこと、つつかれるんじゃないかと恐れてる。ですがね、聞きたいのは戸籍を買った男のこと、あなたのことじゃない。

男5　………。

男1　聞こえてますかっ。

男5　………。（男1を見る）

男1　（別の写真を出して見せ）こっちの男はご存じですよね。（突きつけるように渡す）

男5　………。（写真を見る）

男1　あなたです。岬邦彦さん。

男5　あんたは誰だ？

男1　………。

男5　Who are you?

男1　………。（名刺を出して渡し）……境田です。（最初の写真を見せ）この男は会社の後輩で、あなたの戸籍を使って働いてた。

男5　（名刺を読んで）「名簿ライブラリー」。

男1　仕事が仕事ですからね、だいたいの事情は察しがつきますよ。人間、金に困ると戸籍だって売りますからね。言ってること、わかりますよね？
男5　Who are you?
男1　……あなたねぇ。
男5　境田未知子の兄貴だろう？
男1　………！（驚く）
男5　なんだ、想像してた人と全然違う。
男1　どうして未知子のこと……？
男5　………。
男1　未知子と会ったことあるのか？
男5　………。
男1　聞いてるかっ。
男5　んだよ、うるせぇなぁ。
男1　まともに人と話できないのか。
男5　それはそっちだろう、いきなり顔の前に写真突きつけて、誰だ誰だって、それが人にものを聞く態度か。あんたこそ誰だ。

男1　………。
男5　何様なんだよ、あんた。
男1　……悪かった。
男5　コレだから日本人は嫌いなんだ。
男1　（怪訝に）……日本人じゃないのか？
男5　だったけど、辞めたんだよ。
男1　辞めた……？
男5　だから俺には戸籍は要らないってわけ。
男1　（写真を示し）未知子はこの写真の男と一緒に来たのか？　この男は誰なんだ？
男5　（写真を指し）岬さんだよ。
男1　ちゃんと答えろ。
男5　何を知りたいんだよ、この男の。本名？　趣味？　好きな食べ物？
男1　前科があるんじゃないのか？
男5　（ひゅーと口笛を吹く）
男1　……あるのか？
男5　………。

男1　はっきり言え。

男5　さっきからさ、頭ン中でぐるぐるおんなじ曲が鳴ってんだ。

男1　……曲？

男5　あの頃、銀行・サラ金、あちこち車で走り回ってて、車ン中、いっつもこの曲がフルボリュームで流れてた。

男1　………。

男5　日本って国は親切この上ないね。サラ金から一回借りたら、次から次に街金のダイレクト・メールが来るんだよ。「電話一本、即ご用意」。借りちゃうよね、借りなきゃ不渡り出ちゃうんだから。

男1　………。

男5　あんたンとこの会社がそういう名簿、作ってんだろ。

男1　消費者金融のためだけにやってるんじゃない。有効な名簿の使い方はいくらでもある。

男5　そ。だから飛びついたほうが悪いんだし、しょうがないんだけどさ、（写真を顎でしゃくり）その人、俺にすまないって謝ったんだよ。

男1　………。

男5　一緒に働いてたんだろ？　犯罪者に見えたか？

男1　………。

男1、ハンカチで口を覆う。顔をしかめて居場所を変える……。

男5 気分、悪い?

男1 ……。

男5 空気が違うからね、日本とは。

男1 ……空気?

男5 日本人はたいてい知らないんだ、外国の空気の吸い方。自己流で何でもかんでも吸おうとするから気分悪くなるんだ。

男1 ……どういうことだ?

男5 日本人にはわかんないよ。

男1 ……。

階下から耳慣れない言葉(インドネシア語)が飛んでくる。

声 ada《アダア》 siata《スイヤバ》 yang《ヤン》 datang《ダタン》?《誰か来てるのか?》

男5　e man《トウマン》 saya《サヤ》 a kan《アカン》 bulang《プラン》 segbra《スグラ》.《日本の知り合い。すぐ帰るよ》

声　kamutida《カムテイダ》 kmau《マウ》 datang《ダタン》?《ちょっと来てくれないか?》

男5　sekarang《スカラン》 saya《サヤ》 pergi《プルギイ》.《今行く》

男1　……何だって?

男5　（階段に向かいつつ）社長が呼んでるんだよ。たまにこっち来るんだ。

男1　逃げないだろうな。

男5、舞い戻ってきて、飲みかけの小瓶を「不可視の水」の貯まった床の上に置き、それから階段を下りて去っていく。

独りになって男1、改めて居場所を確認するように、大きく息を吸いながらあたりを見回し、大きく息を吐いて、腰を下ろす。

突然、ただならぬ轟音とともに、ドアが独りでに開く。

男2、カメラを肩に現れて、声ははっきりと男1に向かって——。

男2　空気って写真に写るんですよ。同じ場所で撮っても、空気の違いは一枚一枚はっきり出るんです。不思議ですよね。よく、オーラが出てるとか言うけど、人間の醸し出す空気も一瞬一瞬、違うんですよ。そういう空気の違い、くっきりフィルムに残せた時って、なんか妙に嬉しいんです。

男1　……お前、なんでカメラマンになったんだ？

男5　何でだろう。訓練なんですかね、見ることの。

男1　見ることの訓練……？

男2　ファインダー越しに見ると、捉えてるものってイヤでもはっきり目に飛び込んでくるんですよ。それでこっちも負けずにしっかり見てやろうって、そう思いながら俺、シャッター切るんです。

男1　一枚、撮ってくれないか。

男1、男2にはっきりと視線を送る。
男2、先にカメラを構えてからファインダー越しに男1を捉えて、シャッターを切る。

男1　どうだった、今日の俺の空気は？

男2　（カメラを目から外し男1を見て）軽いです。

男1　（視線を合わせたまま）モデル失格か？

男2　（視線を合わせたまま）オッケーですよ、ダイエーのチラシなら。

男1　（視線を合わせたまま）なんだ、それ。

男1と男2、同時に小さく吹き出して視線を外す。
やがて男2、真顔から遠くを見る目になって、ドアの向こうへ去っていく。
ドアは轟音とともに、独りでに閉まる。
男1、ハンカチを手にしたまま、ぼんやりと中空を見ている……。
いつのまにか男5、また別の椅子を手に階段に姿を見せている。
男1、気づいて視線を合わせると――。

男5 まだ気分悪いのか？
男1 俺には日本の空気が一番だな。
男5 ……。

男5、床のドリンクの小瓶を取り、持ってきた椅子に座って――。

男5 ここの社長、俺が不法労働者だってこと知ってて雇ってくれてるんだ。いい人なんだよ、俺とは大違い。
男1 ……。

男5　……俺も昔、親父に会社、任されてたんだけどさ、イラン人とかパキスタン人とかいっぱいいて、二十五、六の俺がそいつらをみんな顎で使うんだ。みんな年上なんだよ。五十過ぎの在日のオヤジもいてさ。十も二十も年上のそいつらを毎日、俺は怒鳴り散らすんだ。バカだのボケだの、しゃかりきになって怒鳴るんだ。

男1　……何が気にくわなくて？

男5　ただ嫌いなんだよ。

男1　……。

男5　仕事ができないから怒鳴るんじゃないんだ。そいつらと一緒にいるだけで気分悪くなって、吐きそうになるんだ。

男1　……。

男5　実際、ほんとに胃がきりきり痛くてさ、毎日怒鳴って、毎日胃が痛くて、俺はなんでこんなに吐きそうになるんだろうって、金かき集めながらずっとそのことばかり考えたよ。そして思ったんだ。

男1　……なんて？

男5　きっと自分はエイリアンなんだって。

男1　エイリアン……？

男5　だからいっそ、自分も外国人になれば、こんな思いしなくてすむんじゃないかって、そう思ったら居ても立ってもいられなくなってさ。
男1　ジャカルタに来たのか？
男5　いきなり入院したよ。胃に三つ、穴開いてた。
男1　………。
男5　………。（ドリンクを飲む）
男1　妹さんに会ったよ。
男5　………。
男1　君のこと心配してた。
男5　………。（ドリンクを飲む）
男1　妹さんに会って、岬邦彦が二人いることを知ったんだ。
男5　一人だよ。俺は日本人やめたって言ったろ？
男1　俺は、あいつが俺と未知子を騙してたと思いたくない。
男5　何だよ、騙してたって。
男1　前科もなくてどうして戸籍を変えたんだ？　何のために？
男5　あんた、仕事変えたら？

男1　何……？

男5　いったい何を知れば、その人間がわかるっていうんだ？　家柄か？　財産か？　表彰歴か？　職業病だよ、あんた。

男1　君にとやかく言われることじゃない。

男5　どんな人間か知ってたんだろ。戸籍ぐらいで一緒に過ごした時間がぐらつくのか？

男1　君は妹を捨てた男だ。

男5　………。

男1　俺は君とは違う。

男5、摑みかからんばかりの勢いで、男1の目と鼻の先にまで詰め寄る。

男5　……あんたも一度、外国人になったがいいよ。

男1　そして戸籍を売るのか？

男5　………。

男5、振り切るように男1から離れてドリンクを飲む。

男5　……高崎に行ったのか？
男1　顕子さんが自分から来たんだよ、警察から連絡あって。
男5　警察……？
男1　もう一人の岬邦彦は死んだんだ。
男5　……！（驚く）
男1　交通事故でな。未知子も一緒だった。
男5　いつ……？
男1　初七日をすませてきた。あいつら、来月には夫婦だったんだよ。
男5　……。
男1　だからもう岬邦彦は一人しかいない。ここでちゃんと生きてる。死んだ岬の遺体は身元不明で火葬に付したんだ。
男5　死んじゃったンだぁ、朴《パク》さん。
男1　……パクさん？
男5　……。
男1　岬は、在日なのか……？
男5　……。

男1　そうなのか？
男5　だったら何か変わんのか？
男1　……いや。……何も変わらない。
男5　変わらないんだよ。

男1、ゆっくりと苦虫を嚙みつぶした顔になり、ゆっくりとハンカチで口を覆う……。

男5　あの人は岬邦彦としてあんたの弟になる道を選んだんだ。
男1　……ただ、未知子を騙してたことに変わりはない。
男5　………。（小さくため息をつく）
男1　そういうことだろう？
男5　あんた、ほんとどうしようもねぇな。
男1　偽ってたのは事実だ。
男5　戸籍を譲ってくれって持ちかけたのは、未知子さんだよ。
男1　（驚いて）……未知子が？
男5　朴さんは未知子さんの言うことに従ったんだ、未知子さんのために。

男1　未知子のために？
男5　そうだよ。朴さんが進んで望んだわけじゃない。
男1　なぜだ、なぜ未知子がそんなこと、理由がないだろう。
男5　わかってたんだよ未知子さん。
男1　何を。
男5　在日のこと知ったら、あんたは受け入れないって。
男1　………！

突如、堰を切ったように「不可視の水」があふれ出てくる。

怒濤のように押し寄せてくる水は、透明ではなく、白く濁った水……。

そして、その「不可視の水」と同化するように、あるいは「不可視の水」をかき分けるように男2の姿がある……。

男1と男5、対峙するように立っていたが、やがて――。

男5　あんたが戸籍、変えさせたんだよ。
男1　……俺は何も変わらない。さっきもそう言った。

男5　表面的なこと言ってんじゃない。理解するってことだよ。
男1　理解……？
男5　受け入れるって、相手を正しく理解することだろ？
男1　だから。俺はそんなことこれっぽっちも気にしない。どうってことはない。平気でいられる。
男5　それが理解してない証拠だよ。
男1　何……？
男5　気にしないって何だ？　気にしなきゃダメなんだよ。平気でいられるって何だよ？　あんたが神様であんたが認めるってことなのか？
男1　……。
男5　気にしないってことは、何も見ないってことだろう？
男1　……。
男5　あんた、未知子さんに朴さんのこと紹介されて、ほんとに受け入れられたか？
男1　受け入れられたさ。
男5　表面的にじゃなく、受け入れられたか？
男1　もちろん……。
男5　これっぽっちの違和感もなく、受け入れられたか？

男1　………。

男5　違和感があったら、そこから目を逸らさずに受け入れられたか？

男1　………。

男5　あんた、俺と同じだよ。

男1　同じ……？

男5　俺も昔、ずっと目を逸らしてたんだ。目を逸らして怒鳴り続けてたんだ。

男1　………。

見守るように佇んでいた男2、身じろぎもせず、声だけははっきりと男5に向かって——。

男2　打ち明けたことは、今まで何度かあるんだ。ずっと嘘ついてるようで、それがイヤで思い切ってさ。誰も驚かないよ。みんな真顔で答えてくれる。いいじゃないか、そんなこと。何人《なにじん》だろうが関係ないよ。誰にも言わないから。俺の胸だけにしまっとく。………。

男5　みんな、好意で言ってるんだよ、悪気なんて全然なしで。

男2　そうなんだよ。善意の言葉だってわかるから、もう何も言えなくなる。話せなくなるんだ。

男5　ほかに言いようないだろう？

男2　無理矢理、同じにしてほしくないんだ。

男5　無理矢理？

男2　だって違うんだから。俺のことをまず、違うものとして見てくれないと何にも始まらない。たぶん人と人は、それこそ同じ日本人同士でも、外国人と外国人として出会うんだよ。それからだよ、互いをファインダー越しにしっかり覗くのは。でないと、何も見えてこない。

男5　………。

男2　在日にもいろいろいるけど、俺、打ち明けるときってめちゃくちゃ勇気いるんだ。相手の反応も震えるくらい気になるし。

男5　………。

男2　当たり障りのないこと言われると、思い知らされるだけなんだよ。あぁ、俺は見えないんだ。見えてちゃいけないんだって。

男5　………。

男2　俺さぁ、境田さん、好きなんだよ。

男5　………。

男2　当たり障りのないこと言われたくないんだ。

男5　でも未知子さんの言うとおり「岬邦彦」になったら、自分から自分を見えなくしてるってことだ

ろ？

男2　……矛盾してるな。

男5　してるよ。

男2　でもしょうがないんだ、俺は水だから。

男5　……………。

男2、白濁の水を両の手のひらですくい取り、静かに顔から被る……。

すると、ただならぬ轟音がこだまのように響き始める……。

水面に「顔」が浮かび上がってくる……。

尋常ならざるほどにメイクが施され、あるいは文字や数字が書き連ねられ、それでいて大笑いしている顔・顔・顔……。

そしてそれが、ぐちゃぐちゃに塗りつぶされていく顔・顔・顔……。

男2、その「顔たち」をじっと見ていたが、やがてぷいっとドアの向こうへと去っていく……。

ドアはゆっくりと音もなく閉じる……。

男1、じっと佇んでいたが、顔をあげて――。

男5　……詳しい事情は聞いてないけど、朴さんはずっと、無国籍だったらしいよ。
男1　そうか……。
男5　………。
男1　君は日本には帰らないのか？
男5　俺、まだまだ修行中の身だから。
男1　外国人になれたら、日本に帰るのか？
男5　どうかな。
男1　帰ったほうがいい、妹さんのために。
男5　………。
男1　………。
男5　ひとつ、頼みがあるんだけど。
男1　何だ？
男5　死んだ岬邦彦の写真、俺にくれないかな。
男1　………。

男1、写真をじっと見て、男5に差し出す。

男5、受け取ってじっと見ていたが——。

男5　今夜のガルーダに乗るのか？
男1　ああ。
男5　顕子には会う？
男1　連絡はしなきゃいけないだろうな。
男5　前に会ったときは顕子、元気にしてた？
男1　君に会いたがってた。
男5　そのうち帰るからって言ってくれないかな。
男1　わかった……。

男5、男1を残してゆっくりと去って行く。

時間が通り過ぎて行く……。

遠い時間を遡って、喪服の人々が近づいてくる。

男2、男3の姿もその中にある。

海峡を渡るがごとき歩みは、「不可視の水」に足を踏み入れた途端に足取りが鈍くなる。

まるで鉛の海を満身の力でかき分けて進むがごとき歩み……。

苦渋に満ちた顔……。

男1、圧倒されながらも、両目を見開いてしっかりと見る。

すると初めて「不可視の水」の存在が男1にわかる。

水の表に、ゆらゆら揺れる大きな「日の丸」……。

やがて日の丸の向こう側から、一枚の巨大な写真のように男2の顔が浮かび上がってくる……。

男1、両手でその顔をすくい取ろうとする。

背広の上着を脱いで、上着でその顔をすくい取ろうとする。

だが、水に漂うその顔は何度やってもうまくすくえない。

いつのまにか男2、喪服の人々から一人だけ、ぽつんと取り残されていて、誰に言うともなく――。

だがその声は、男1の耳には劈くほどにはっきりと飛び込んできて――。

男2　ガルーダって知ってます？

男1　………。

男2　インド神話に出てくんですよ。首から下は人間なんだけど、頭が鳥なんです。嘴があって、鷲にそっくりで、赤い翼が生えてる。知りません？

男1　………。

男2　そのガルーダってのが身のほど知らずっていうか勇ましくて、インドの神々、神様に次から次に闘いを挑んでは勝ち続けるんです。勝っちゃうんですよ、半分鳥野郎が神様に。だもんで神様は、こんな強い奴を敵に回したらとんでもないと思ってガルーダの力を認め、それでガルーダは晴れて「自由の身」になれたんです。

男1　………。

男2　面白いよなぁ。

男1　………。

男2　つまんないか、こんな話。

男1　………。

男2、しばらく佇んでいたが、やがてぷいっと去っていこうと——。

思わず男1、はっきりと声に出して——。

男1　ガルーダはそもそもっ。

男2　…………。(足が止まる)

男1　なんで神様に闘いを挑んだんだ？

男2　ガルーダは蛇族に生まれたんですよ、鳥なのに。それでガルーダは、どうして自分は蛇族に属してるんだろうと疑問を持ったんです。

男1　………。

男2　それがガルーダの神への闘いの始まりです。

男2、空に飛び立ったかのように忽然と消える……。

男1、ゆっくりと立ち上がって振り返る。

そこには「ＡＬＩＥＮ」と書かれたゲート（劇場の外に通じるドア）が見える。

男1、挑むように視線、迷うことなくゲートの中へと入って行く。

■参考文献

『「在外」日本人』柳原和子（晶文社）
『コリアン世界の旅』野村進（講談社）
『国籍のありか　ボーダレス時代の人権とは』もりき和美（明石書店）
『プライバシーと高度情報化社会』堀部政男（岩波新書）
「日本人とは誰のことか」李孝徳（『新・知の技法』小林康夫・船曳健夫編（東京大学出版会）収録）
「プライバシー流出のナホトカ状態」（扶桑社「ＳＰＡ！」九七年三月十二日号）
「狙われたプライバシー」（講談社「月刊Ｖｉｅｗｓ」九七年七月号）

上演記録

［初演］一九九八年七月二十二日〜二十七日　THEATER／TOPS

【スタッフ】

作・演出　古城十忍
美術　礒田　央
照明　磯野眞也
音響　黒沢靖博
映像　後藤輝之
舞台監督　今井　聰
衣装　豊田まゆみ
小道具　亘理千草

イラスト　古川タク
デザイン　川波静代
宣伝写真　富岡甲之
舞台写真　中川忠満
制　作　藤川啓子
　　　　岸本匡史
　　　　西坂洋子

【キャスト】

男1（境田健吾）　奥村洋治
男2（岬　邦彦）　新野照久
男3（金山孝弘）　小林立樹
男4（迫水　剛）　越村浩之
男5（岬　邦彦）　柏　茂樹

女1（岬　顕子）　河野好美
女2（看護婦）　小嶋　朋
喪服の人々　藤井九華
　　　　　　及部晴美
　　　　　　斉藤健二

［再演］二〇〇〇年三月十八日〜二十九日　THEATER／TOPS

【スタッフ】

作・演出　古城十忍
美術　礒田央
照明　磯野眞也
音響　黒沢靖博
映像　後藤輝之
舞台監督　尾崎裕
衣装　豊田まゆみ

イラスト　古川タク
デザイン　川波静代
宣伝写真　富岡甲之
舞台写真　中川忠満
制作　岸本匡史
　　　西坂洋子
　　　藤川啓子

【キャスト】

男1（境田健吾）　奥村洋治
男2（岬邦彦）　新野照久
男3（金山孝弘）　小林立樹
男4（迫水剛）　松浦光悦
男5（岬邦彦）　越村浩之
女1（岬顕子）　関谷美香子
女2（看護婦）　杉山みどり

喪服の人々　小嶋朋
　　　　　　河野好美
　　　　　　及部晴美
　　　　　　神林真紀
　　　　　　城倉麻美
　　　　　　中林理

あとがき

今、再演を間近に控えています。初演から一年半余り。「今現在」を描く者の宿命とはいえ、一年半も経てば、書き換えなければならない箇所がいくつか出てきます。

まず、サッカーに関するフランスのワールドカップのくだり。再演ではシドニーでのオリンピックに変えました。これも今年限りのネタということにはなりますが。

でもまぁ、こうした時限的なイベントものは致し方ないとしても、驚かされたのは国民総背番号制です。いやはや、こんなにも早く法改正がなされるとは。

溶かしてしまう日の丸をあえてト書きに「国旗」と書いたのも、多少のイロニーを込めたつもりだったのですが、「国旗・国歌法」がすんなり成立してしまいました。

「国民総背番号制」のくだりは、再演では次のようにセリフを変更しました。

男1　あっさり法改正されちゃったじゃないか、導入したら人権侵害だの何だのって、マスコミがちょこちょこ騒いでたのに。
男2　ええ。
男1　国が名簿業者やるようなもんだろう？　お前、どう思う？

つくづく芝居は生モノです。時代が芝居のフィクショナルな部分を追い越していく速度は日増しに速くなっているような気がします。

ただ、この作品に描かれたテーマは人間が生きている限り、過去のものにはならないのだろうなと思います。いっそこのテーマそのものが古びてしまえば、こんなに嬉しいことはないのかもしれません。

この作品も多くの方からお伺いした話に大いに助けられました。なかでもアジア女性自立プロジェクトのもりき和美さん、神戸定住外国人支援センターの金宣吉さんからは、数々の刺激的なヒントをいただきました。この場を借りてお礼申し上げます。

二〇〇〇年一月二十一日　古城十忍

古城　十忍（こじょう・としのぶ）

1959年、宮崎県生まれ。熊本大学法文学部卒。
熊本日日新聞政治経済部記者を経て1986年、劇団一跡二跳を旗揚げ。
以来、作家・演出家として劇団公演の全作品を手がけている。
代表作に「愛しすぎる男たち」「ONとOFFのセレナーデ」「平面になる」など。

連絡先　〒166-0015 東京都杉並区成田東 4 - 1 -55 第一志村ビル1F
劇団一跡二跳　電話 03-3316-2824
【URL】http://www.isseki.com/
【e-mail】XLV07114@nifty.ne.jp

アジアン・エイリアン

2000年 2 月25日　第 1 刷発行

定　価　本体1500円＋税
著　者　古城十忍
発行者　宮永捷
発行所　有限会社而立書房
東京都千代田区猿楽町 2 丁目 4 番 2 号
電話 03（3291）5589／FAX03（3292）8782
振替 00190-7-174567
印　刷　有限会社科学図書
製　本　大口製本印刷株式会社

落丁・乱丁本はおとりかえいたします。

ISBN　4-88059-265-X　C0074
装幀・神田昇和